ISBN : 978-2-211-08432-1

© 2005, l'école des loisirs, Paris
Loi numéro 49 956 du 16 juillet 1949 sur les publications
destinées à la jeunesse : mars 2005
Dépôt légal : janvier 2007
Imprimé en France par Pollina, 85400 Luçon - n° L99920

Stephanie Blake

Au loup !

l'école des loisirs
11, rue de Sèvres, Paris 6e

Il
était
une
fois
un
petit
lapin
qui ne faisait que ce qu'il
voulait.
Lorsque sa maman lui disait :
« Range ta chambre mon petit lapin »,
il criait :

« Au loup ! »

(même s'il n'y avait pas de loup)

et

comme

sa

maman

avait

peur

du loup…

Le

petit

lapin

faisait

ce

qu'il

voulait.

Lorsque
sa
maîtresse
lui
disait :
« Récite-moi ton alphabet
mon petit lapin »,
il criait :

« Au loup ! »
et
comme
tout
le monde
avait
peur
du loup…
Le petit lapin faisait ce qu'il
voulait.

Lorsque
son
papa
lui disait :
« Fais pipi dans ton pot
mon petit lapin »,
il criait :

« Au loup ! »

Alors
son
papa
partait
en courant
et le petit lapin faisait ce qu'il
voulait.

Un
jour
que
le petit lapin
faisait
pipi
où
il
voulait,
une grosse voix grogna derrière lui :
«Tu te crois où, là, mon petit lapin ?»

« Maman !
Au loup ! »

hurla

le

petit

lapin.

Alors sa maman lui répondit :
« Désolée, ça ne prend plus,
mon petit lapin.»

« **Au loup !** »

criait

de

toutes

ses

forces

le

pauvre petit

lapin...

mais personne ne le crut.

Alors
le loup attrapa
le
petit
lapin
et dit :
« Dis-moi mon pote
tu connais la peur du loup ? »
Mais le petit lapin
hurla encore plus fort :
« Papa !
Papa ! Papa !
Au loup ! »

« **Plaît-il ?** »
demanda le papa-loup.
« **Oh ! Papa ! C'est toi !**
Ne refais plus jamais ça !
C'est horrible
terrible
affreux
abominable
effroyable
la peur du loup.
Je ne crierai plus jamais au loup. »

Mais
le
lendemain
matin,
lorsque sa maman ouvrit
le
placard à provisions,
le petit lapin
hurla :

« Aooouuuw ! »